GESTERN ABEND. LINZ AN DER DONAU.
STAHLSTADTENGEL
KULTURSTADT...
STAHLSTADT...
STADT DES BRUCKNER-FESTIVALS, DER ARS ELECTRONICA...
Leberkas-
...UND BESONDERER KULINARISCHER GENÜSSE.
ALLES IN ALLEM...

...EINE FRIEDLICHE STADT.
MEISTENS JEDENFALLS.
NEIN, LASSEN SIE MICH!
HER MIT'N TASCHERL!
ÄRGER.
LASSEN SIE MICH! ODER ICH RUFE UM HILFE!
SCHREI RUHIG! GLAUBST' DO HEAT DI WER UM DE ZEIT?
EIN ÜBERFALL.
SWISSCHHH!
GEWALT GEGEN WEHRLOSE. DAS KANN ICH NICHT ZULASSEN.

NICHT IN MEINER STADT.
SSSHHH!
ZUERST VERKNOTEN WIR DEM HERREN EINMAL DIE SCHUH-BANDELN.
BITTE! DA IST ALLES DRIN, WAS ICH FÜR MEINE FAMILIE FÜR DEN GANZEN MONAT HABE!
DANN NOCH EIN WENIG SCHWUNG HOLEN...
...UUUND...
OH JE... MIR KUMMAN D'TRÄNEN.
...GIB' IHM!
UFF!
WHAPPP!!!
KLEIN ABER OHO. MINIMANN MIT GROSSER KRAFT SCHAFFT SCHUFT.
RUFEN'S AM BESTEN DIE POLIZEI, SO SCHNELL WIRD DER NICHT WIEDER MUNTER.
ABER... WAS? WER?

HEUTE, UNWEIT VON YBBS AN DER DONAU...
ABER... DAS IST JA... DIE DONAUSCHWALBE DER WÄCHTER! DIE GIBT'S AUCH NOCH?!
FHOOSH
>ZIELOBJEKT ERREICHT IN KÜRZE LINZ<
ER DARF NICHT ZU VIEL VORSPRUNG HABEN!
ZU BLÖD, DASS DER TELEPORTER IM WÄCHTER-QUARTIER IN LINZ DEFEKT IST! WENN DER RATHAUSMANN DIE STAHLWERKE ERREICHT, KÖNNTEN IHN DIE NANO-BOTS UNBESIEGBAR MACHEN.
UND WIE WILLST' DAS VERHINDERN, JUNIOR?
...ODER HÄTTATST SCHON EINEN PLAN?
SO HALB, ANNA.
BÜROKRAT, IN DEN DATENBANKEN DES JETS MÜSSTEN ALLE AUFZEICHNUNGEN DER ALTEN WIENER WÄCHTER ZU FINDEN SEIN.
GEH DAS MATERIAL DURCH UND SCHAU, OB ES IRGEND-WO EINEN EINTRAG DAZU GIBT, WIE MAN DIESE BASTELWÜTIGEN MIKROMASCHINEN AUFHÄLT!

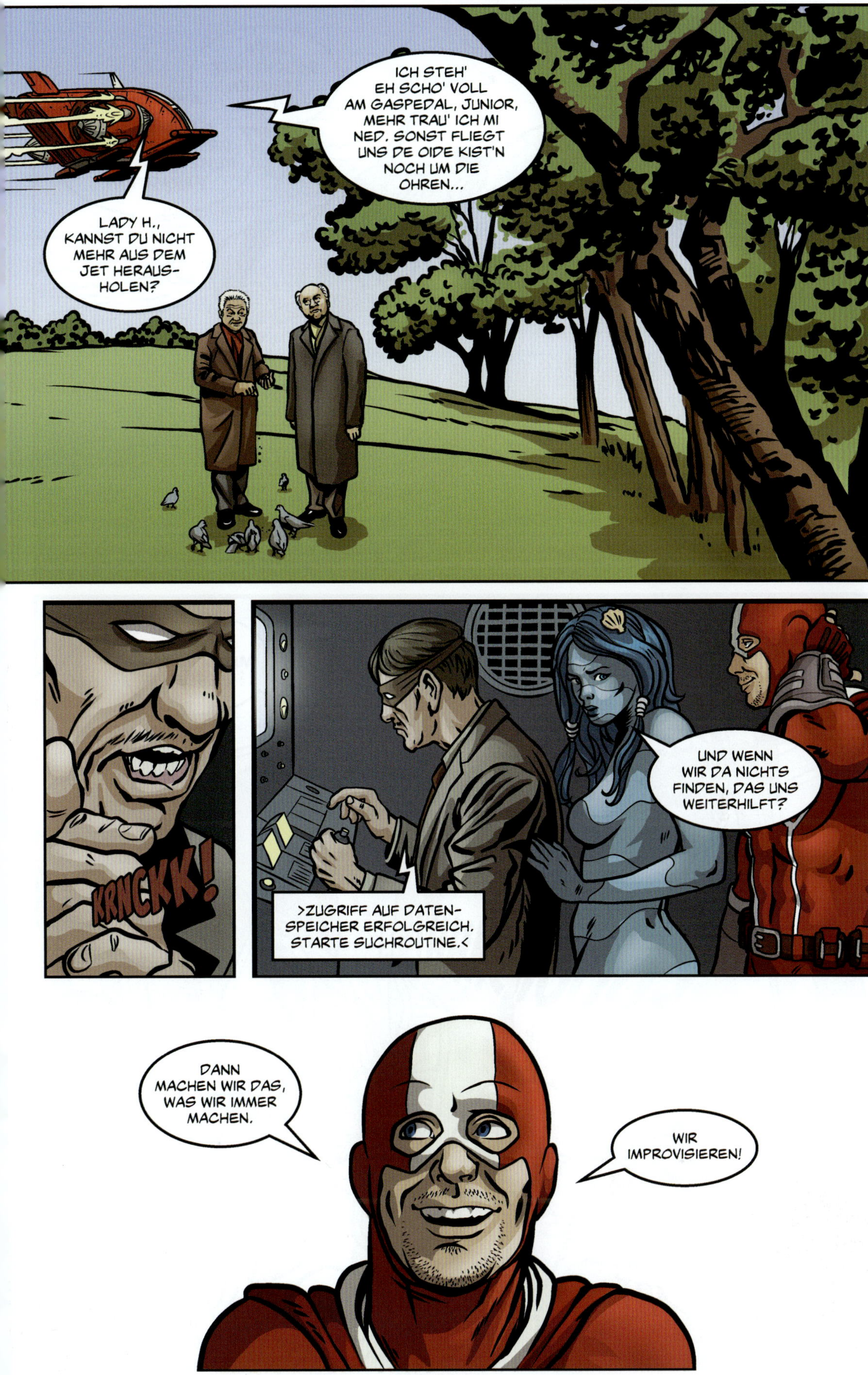
ICH STEH' EH SCHO' VOLL AM GASPEDAL, JUNIOR, MEHR TRAU' ICH MI NED. SONST FLIEGT UNS DE OIDE KIST'N NOCH UM DIE OHREN...
LADY H., KANNST DU NICHT MEHR AUS DEM JET HERAUS-HOLEN?
KRNCKK!
UND WENN WIR DA NICHTS FINDEN, DAS UNS WEITERHILFT?
>ZUGRIFF AUF DATEN-SPEICHER ERFOLGREICH. STARTE SUCHROUTINE.<
DANN MACHEN WIR DAS, WAS WIR IMMER MACHEN.
WIR IMPROVISIEREN!

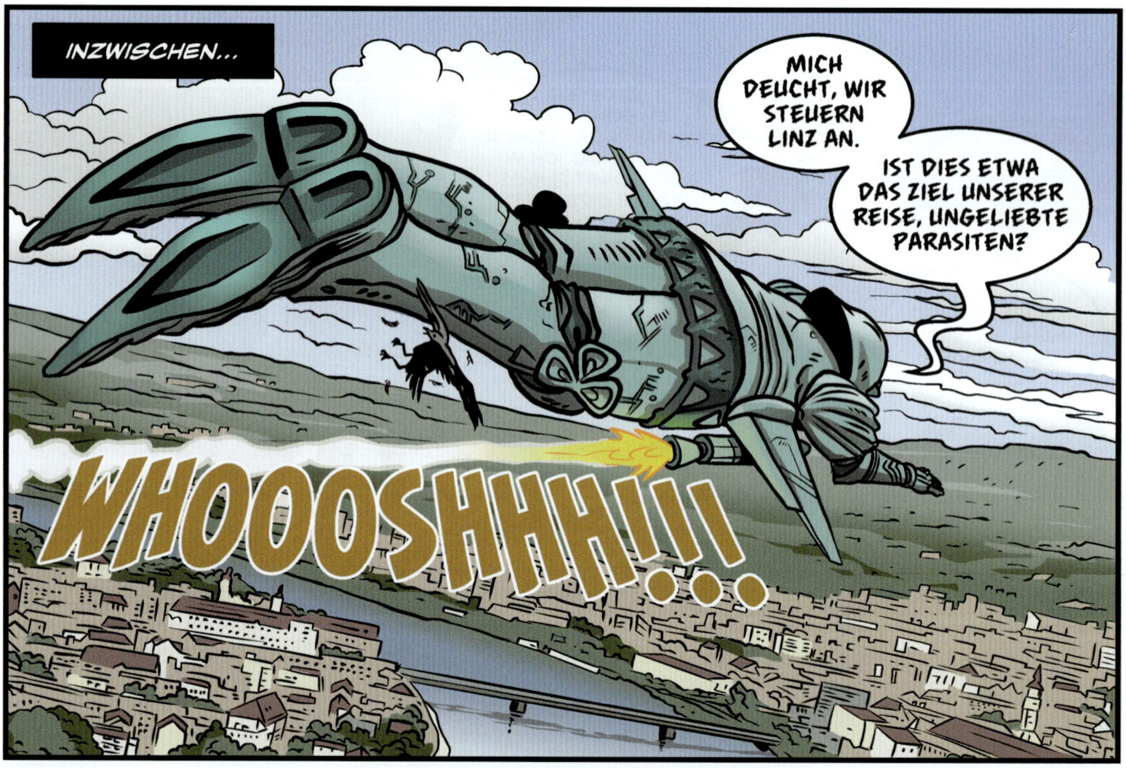
INZWISCHEN...
MICH DEUCHT, WIR STEUERN LINZ AN.
IST DIES ETWA DAS ZIEL UNSERER REISE, UNGELIEBTE PARASITEN?
WHOOOSHHH!!!...

DIE STAHLWERKE?
O WEH, MIR SCHWANT UEBLES.
KRSHHH!
FOOOFSHHH!
WOS IS DENN JETZT?!
KRRCK!
ACH DU MEINE GÜTE!

O IHR BOESEN KLEINEN WINZLINGE!
CRKKK!
HABT IHR MICH NOCH NICHT GENUG UMGEBAUT?
NA SERVAS...
OBACHT, IHR DA UNTEN! LAUFT UM EUER LEBEN!
KRNCH!
DES GIBT'S JETZT OBA NED WIRKLICH?!
WAS SOLL ICH DENN WERDEN, WENN IHR MIT MIR FERTIG SEID? EIN STAEHLERNER KOLOSS? EIN MAECHTIGER TITAN UNTER FREMDEM EINFLUSS?
SHRPPP!
CRSHHH!
WOS IS DENN DES FÜR ANA? DEN HAM ABER NED WIR 'BAUT!
DEN KENN' I VOM FERNSEH'N. I GLAUB', DES IS DA RATHAUSMANN, SO A OIDA SUPERHELD!
ICH WOLLT', ICH KOENNT' MICH WEHREN, ALLEIN ES WILL MIR NICHT GELINGEN
SUPERHELD?! UND WARUM ZERDEPPERT ER DANN OISS?

GESTERN. LINZ, URFAHR. PÖSTLINGBERG.
Zugang zur Grottenbahn
DAS WAR KNAPP.
ICH GLAUB', SIE HAT MICH GESEHEN...
ABER DAS IST WOHL NICHT ZU VERMEIDEN.
WENN ICH SCHON... S'SCHUTZENGERL? JA, ICH GLAUBE, S'SCHUTZENGERL FÜR LINZ BIN,...
SWSSSHHH!
...DANN LÄSST SICH DER JOB EBEN NICHT GANZ UNSICHTBAR ERLEDIGEN.
WENN ICH MICH NUR ERINNERN KÖNNTE...
VIELLEICHT WAR UNTER MEINEN VORFAHREN JA AUCH EINE BRIEFTAUBE...
WENIGSTENS FIND' ICH IMMER WIEDER NACH HAUSE.
SOOOSHHH!
FCHHH!!!
JEDENFALLS IN ZEITEN VON ÜBERWACHUNGSKAMERAS UND FOTOHANDYS IST ES NUR EINE FRAGE DER ZEIT, BIS AUCH EIN „UNSICHTBARER" SCHUTZGEIST EINMAL ERWISCHT WIRD...
JETZT HEISST'S ABER BALD AMAL GUTE NACHT UND AB IN DIE HEIA IM HAUPTQUARTIER!

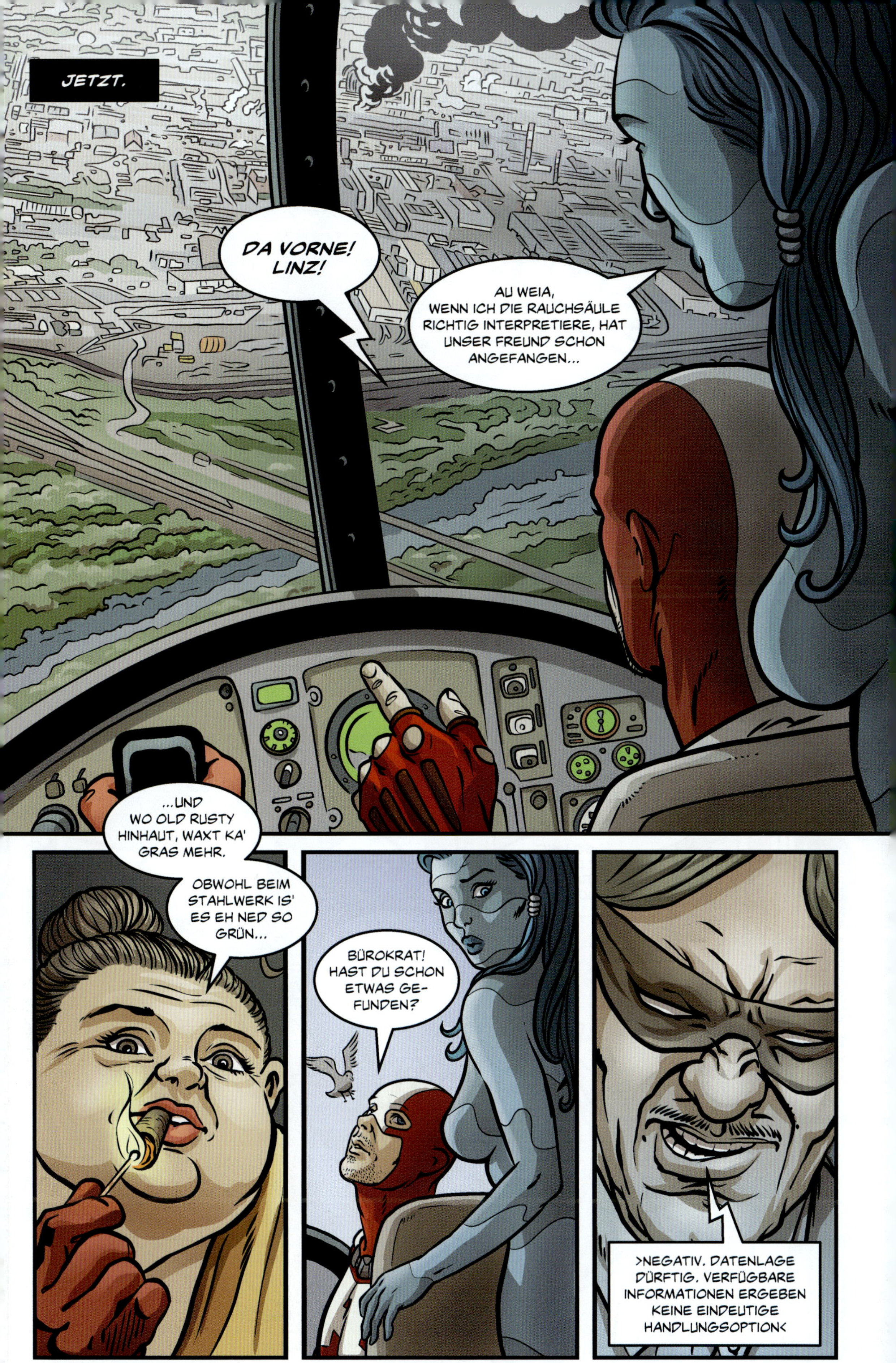
JETZT.
DA VORNE! LINZ!
AU WEIA, WENN ICH DIE RAUCHSÄULE RICHTIG INTERPRETIERE, HAT UNSER FREUND SCHON ANGEFANGEN...
...UND WO OLD RUSTY HINHAUT, WAXT KA' GRAS MEHR.
OBWOHL BEIM STAHLWERK IS' ES EH NED SO GRÜN...
BÜROKRAT! HAST DU SCHON ETWAS GE-FUNDEN?
>NEGATIV. DATENLAGE DÜRFTIG. VERFÜGBARE INFORMATIONEN ERGEBEN KEINE EINDEUTIGE HANDLUNGSOPTION<

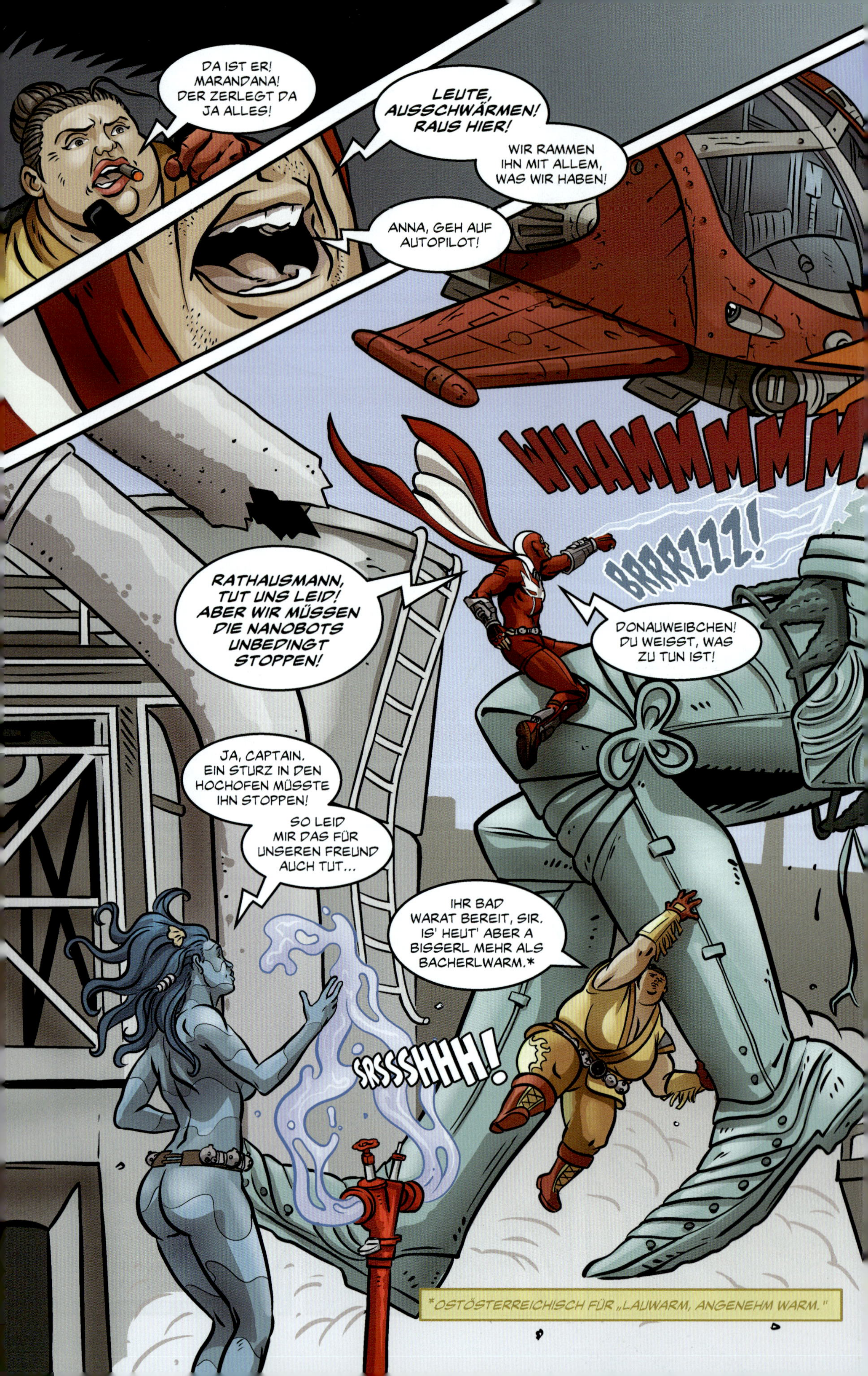
DA IST ER! MARANDANA! DER ZERLEGT DA JA ALLES!
LEUTE, AUSSCHWÄRMEN! RAUS HIER!
WIR RAMMEN IHN MIT ALLEM, WAS WIR HABEN!
ANNA, GEH AUF AUTOPILOT!
WHAMMMMMM!
BRRRZZZ!
RATHAUSMANN, TUT UNS LEID! ABER WIR MÜSSEN DIE NANOBOTS UNBEDINGT STOPPEN!
DONAUWEIBCHEN! DU WEISST, WAS ZU TUN IST!
JA, CAPTAIN. EIN STURZ IN DEN HOCHOFEN MÜSSTE IHN STOPPEN!
SO LEID MIR DAS FÜR UNSEREN FREUND AUCH TUT...
IHR BAD WARAT BEREIT, SIR. IS' HEUT' ABER A BISSERL MEHR ALS BACHERLWARM.*
SRSSSHHH!
*OSTÖSTERREICHISCH FÜR „LAUWARM, ANGENEHM WARM."

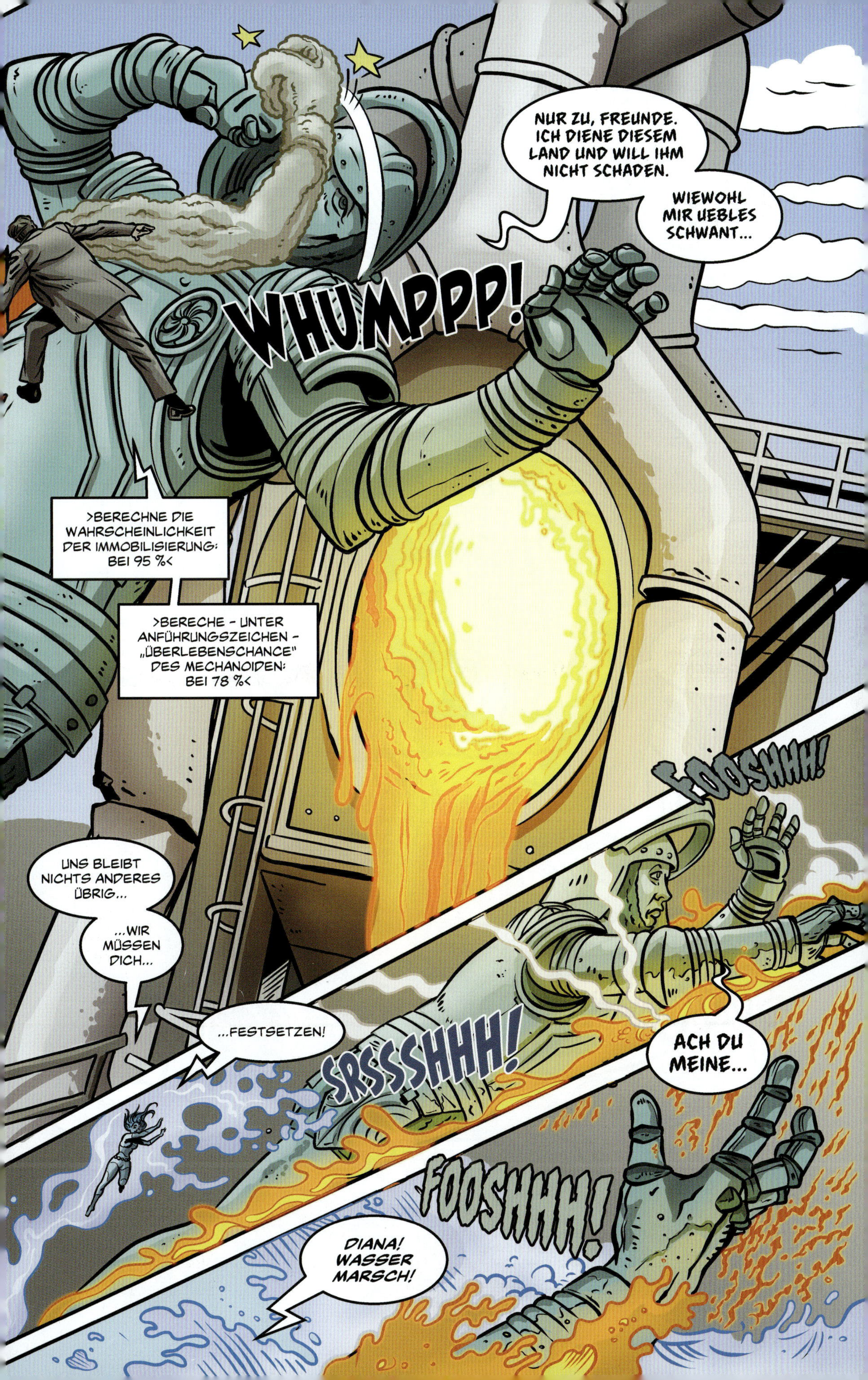
NUR ZU, FREUNDE. ICH DIENE DIESEM LAND UND WILL IHM NICHT SCHADEN.
WIEWOHL MIR UEBLES SCHWANT...
WHUMPPP!
>BERECHNE DIE WAHRSCHEINLICHKEIT DER IMMOBILISIERUNG: BEI 95 %<
>BERECHE – UNTER ANFÜHRUNGSZEICHEN – „ÜBERLEBENSCHANCE" DES MECHANOIDEN: BEI 78 %<
FOOSHHH!
UNS BLEIBT NICHTS ANDERES ÜBRIG...
...WIR MÜSSEN DICH...
...FESTSETZEN!
SRSSSHHH!
ACH DU MEINE...
FOOSHHH!
DIANA! WASSER MARSCH!

PERFEKT! DEIN KALTER WASSERSCHWALL HAT DEN STAHL ZUM ERSTARREN GEBRACHT!
DER TEMPERATUR-SCHOCK HAT AUSSERDEM SEINE MECHANIK AUSGE-KNOCKT UND DIE NANO-BOTS KURZGE-SCHLOSSEN!
FRSSS!!!
HOFFEN WIR, DASS RATHAUSMANN DAS ÜBER-STEHT!
UND JA, ER MACHT IMMER JEDE MENGE KAPUTT, ABER ICH HABE IHN SCHON IMMER ALS EINEN ENGEN FREUND GESEHEN.
ICH KÖNNTE NUR SCHWER VERKRAFTEN, WENN ER...
SSSHHH!
DER HAT SCHON A GANZE MENGE ÜBERSTANDEN, DIANA. GLAUB' MIR, DER WIRD SCHO' WIEDER.
DIE FRAGE IST JETZT NUR, WIE WIR IHN WIEDER NACH WIEN SCHAFFEN.
ZERSÄGEN KÖNNEN WIR IHN JA SCHLECHT...
>OFFENSICHTLICHE LÖSUNG: TRANSPORTWEG DONAU. UMLADUNG AUF LASTKAHN UND AN-SCHLIESSENDE...<
O NEIN! DIE NANOBOTS SIND GAR NICHT GELÄHMT WORDEN!
KRCHHH!
HEILIGE SCH...WEISSNAHT!
UND SIE ABSORBIEREN DEN ROHEN STAHL GANZ EINFACH!

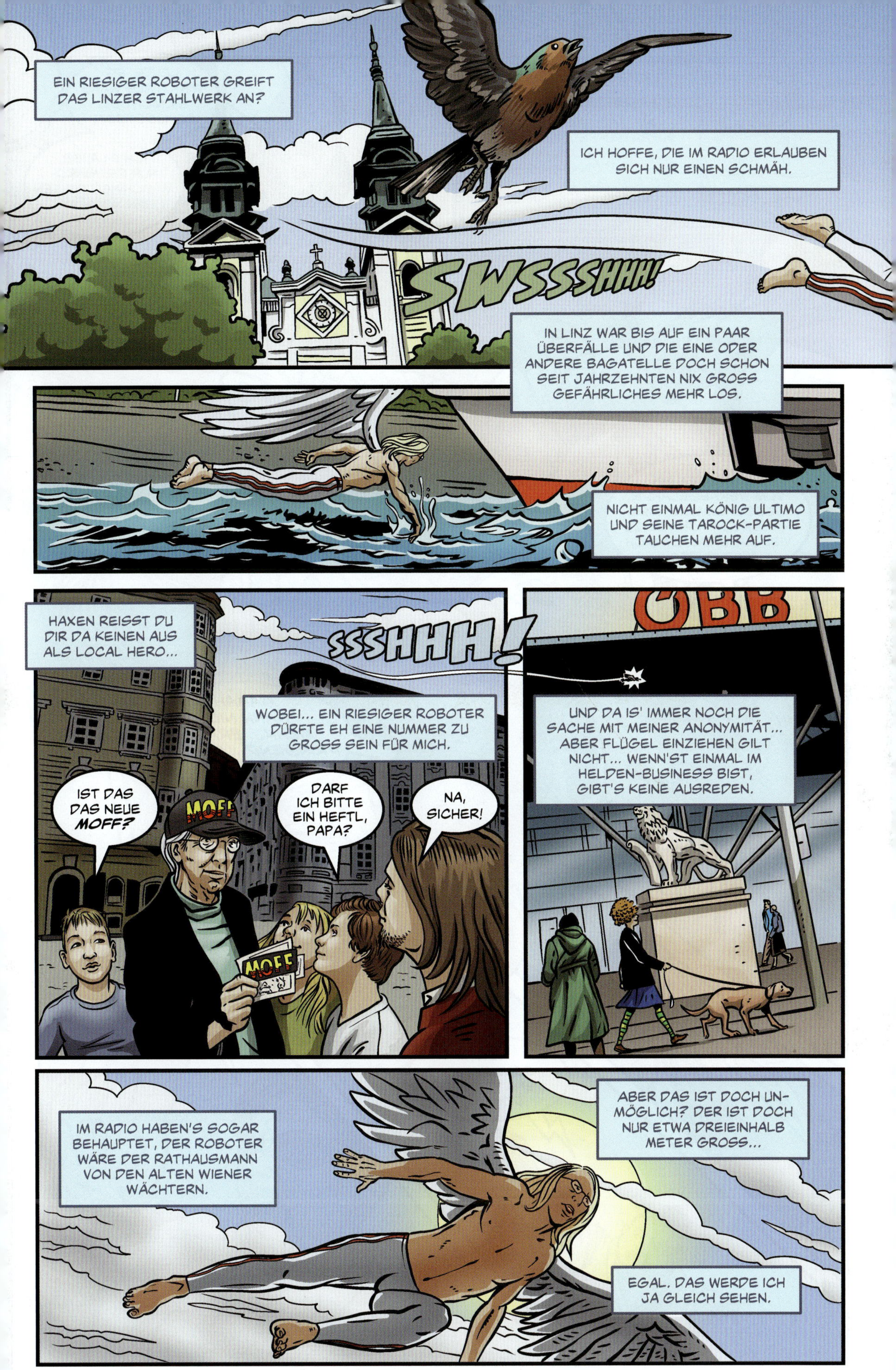
EIN RIESIGER ROBOTER GREIFT DAS LINZER STAHLWERK AN?
ICH HOFFE, DIE IM RADIO ERLAUBEN SICH NUR EINEN SCHMÄH.
SWSSSHHH!
IN LINZ WAR BIS AUF EIN PAAR ÜBERFÄLLE UND DIE EINE ODER ANDERE BAGATELLE DOCH SCHON SEIT JAHRZEHNTEN NIX GROSS GEFÄHRLICHES MEHR LOS.
NICHT EINMAL KÖNIG ULTIMO UND SEINE TAROCK-PARTIE TAUCHEN MEHR AUF.
HAXEN REISST DU DIR DA KEINEN AUS ALS LOCAL HERO...
SSSHHH!
WOBEI... EIN RIESIGER ROBOTER DÜRFTE EH EINE NUMMER ZU GROSS SEIN FÜR MICH.
IST DAS DAS NEUE MOFF?
DARF ICH BITTE EIN HEFTL, PAPA?
NA, SICHER!
MOFF
MOFF
ÖBB
UND DA IS' IMMER NOCH DIE SACHE MIT MEINER ANONYMITÄT... ABER FLÜGEL EINZIEHEN GILT NICHT... WENN'ST EINMAL IM HELDEN-BUSINESS BIST, GIBT'S KEINE AUSREDEN.
IM RADIO HABEN'S SOGAR BEHAUPTET, DER ROBOTER WÄRE DER RATHAUSMANN VON DEN ALTEN WIENER WÄCHTERN.
ABER DAS IST DOCH UNMÖGLICH? DER IST DOCH NUR ETWA DREIEINHALB METER GROSS...
EGAL. DAS WERDE ICH JA GLEICH SEHEN.

NA SERVAS...! DAS IST JA WIRKLICH DER RATHAUSMANN!
UND DAZU DIESE NEUE SUPERTRUPPE... WIE IMMER DIE JETZT AUCH HEISST. SCHAUT JEDENFALLS NICHT SO AUS, ALS OB ICH HIER VIEL HELFEN KÖNNTE.
LEUTE, ES WIRKT, ALS WÄRE ER NICHT BEI BEWUSSTSEIN!
ICH GLAUBE, NUR DIE MIKRO-MASCHINEN HALTEN IHN NOCH AM LAUFEN!
WOSHHH!
WOMPPP!!!
WIR MÜSSEN IHN VOM WERKSGELÄNDE WEGBEKOMMEN! HIER HAT ER EINFACH VIEL ZU VIEL MATERIAL, UM SICH AUFZURÜSTEN!
UFF!
AAAAH... KANN NICHT MEHR... BRAUCHE DRINGEND... FRISCHES WASSER!
ALLE ZUGLEICH!
BONKKK!
>NÖRDLICH DER AKTUELLEN POSITION: CHEMIEPARK LINZ, SUBOPTIMALE WAHL. WESTLICH: AUTOBAHNEN UND SIEDLUNGSGEBIETE. BESTE OPTION: OFFENE WASSERFLÄCHE IM OSTEN.<
WOHIN SOLL MA' IHN DENN TREIBEN? DOKTOR?

AAAH!
NEPTUN SEI DANK!
JETZT WEITER!
SLOOOSH!
ANNA?
ANNA, VIELLEICHT KANNST DU IHM EINEN KRÄFTIGEN SCHUBSER...
UH? WAS?
VERDAMMT. HOFFENTLICH WEISS SIE, WAS SIE DA TUT.
KRRRK-KRRK-KRRK!
>FINALER KONZENTRIERTER ANGRIFF NÖTIG. ZIELOBJEKT FAST IN ENDPOSITION.<
WIR HABEN'S GESCHAFFT!
DIANA, JETZT IST ER IN DEINEM ELEMENT! LEG LOS!
SPLOSHHH!
MIT DEM GRÖSSTEN VERGNÜGEN, CAP!

SUUUSHHH!
WOW!
AQUAE POTENTES, SURGETE!
ECHT BEEINDRUCKEND, DIANA!
WIR HABEN IHN ENDLICH FIXIERT!
ABER WAS MACHEN WIR JETZT MIT IHM?
NED VERZAGEN, DIE LADY FRAGEN!
ANNA! WO WARST DU DENN?
I HAB' A BISSL TELEFONIERT UND MIR INFOS AUS ERSTER HAND GEHOLT, WIE MA' MIT DEN WILD GEWORDENEN MIKRO-CHIPS UMGEHT.
DU MEINST DU HAST...
JA, KURT ICH HAB MIT DEIN' VATER TELEFONIERT.
WOOOSH!
SORRY, ES GING NED ANDERS. WIR MÜSSEN DIESE BEDROHUNG STOPPEN.
VERSTEHE...

NUN, EGAL. WAS HAST DU HERAUS-GEFUNDEN?
JA, WAS SOLLEN WIR TUN, ANNA? WAS HAT ALFRED GESAGT?
ICH KANN DEN STRUDEL NICHT MEHR LANGE AUFRECHTER-HALTEN!
ALSO DIE NANO-BOTS ARBEITEN NACH EINEM PROGRAMM.
UND DES KANN MA' UMPROGRAM-MIEREN.
UND WIE?
MA' KANN MIT EINER VON DEINE SPIONAGESONDEN A FREQUENZ AUSSENDEN, WAS DIE BOTS DAZU BRINGT, A INTERFACE ZU BILDEN.
DAS GEHT NICHT! DER RATHAUS-MANN IST VON EINEM ENERGIEFELD UMGEBEN!
DA KOMMEN WIR NICHT DURCH!
WO IST DER HAKEN?
VO' AUSSEN GEHT DES SIGNAL NED DURCH. MA' MUSS ZUM HIRN VON DIE BIESTER -
A CLUSTER IM ZENTRUM VON IHRE OPFER.
VIELLEICHT KÖNNTE ICH DEN HERRSCHAFTEN JA AUS DER PATSCHE HELFEN.
NA HABEDERE! WAS IST DENN DES JETZT FÜR ANA?
WAS ZUM...?
SWISHHH
GROSSE THETIS!
EIN VERLORENER ENGEL!
EIN WAS?!

KURZE ZEIT SPÄTER...
ALSO, NOCH EINMAL, FLATTERMANN... WIR ERLAUBEN DEM GROSSEN WIEDER A MATERIAL AUFZUSAMMELN, NÄMLICH DICH.
SOBALD DU DRIN BIST...
HAB' SCHON VERSTANDEN, MYLADY.
ICH BIN KLEIN, NICHT BLÖD.
WAS BITTE IST EIN „VERLORENER ENGEL"?
DAS ERZÄHL' ICH DIR EIN ANDERES MAL, KURT.
NA DANN, SPATZERL.
KRKKK!
HE, VORSICHT MIT DEINEN BAGGERSCHAUFELN!
ALS ENGELGULASCH NÜTZ' ICH EUCH NIX!
JETZT, DIANA!
EINMAL LÜCKE KOMMT SOFORT
SOOOSHHH!
ZINNNG!
TOCK!
SKRRRP!
JETZT IST ER AUF SICH ALLEIN GESTELLT.

IM INNEREN DES RATHAUSMANNS...
RCHRCHRRR...
SO, DA WÄR ICH...
WAS FÜR EIN GEWIRR! UND ALLES IST STÄNDIG IN BEWEGUNG.
KRRRRRRR...
KRRRKKKKK!
PUH! BEINAHE HÄTTE MICH DAS ZAHNRAD ERWISCHT!
ENGEL? KANNST UNS HÖREN? DU MUSST NACH DER SCHULTER RECHTS NACH UNTEN.
ALLES KLAR, CHEF. BEI DER NÄCHSTEN MÖGLICHKEIT RECHTS ABBIEGEN
ZRRRRR!!!
HIER GEHT'S WEITER. HOFFENTLICH IST IN DER BRUST MEHR PLATZ ALS IN DEN ARMEN.
MEINE HERREN. SIEHT AUS WIE RADIOAKTIVER PUDDING.
SLLLLNNNG!
UND OFFENBAR GIBT'S EINEN WARMEN EMPFANG.

ICH HAB DIE DINGER VOR MIR, LEUTE, AKTIVIERT DAS SIGNAL...
SSSRSSSR...
JETZT!
SLLLLNNNG!
SHRRRPPP!
WTF?!
DA SCHAU HER... DAS IST EIN SERVICE...
ENGEL AN DRAUSSEN: ICH HAB DEN NANOBOTS BE-FOHLEN DEN URSPRÜNG-LICHEN ZUSTAND WIEDER-HERZUSTELLEN.
TIPP-TIPP-
KCHIIIEEE...
TEAM AN ENGEL: GROSSARTIG! UND JETZT NICHTS WIE RAUS, SONST WIRST DU BEIM RÜCKBAU ZERQUETSCHT!
GEH' SCHLEICH' DICH...
SOOSHHH!
PUH. DAS WAR KNAPP!
KRIIIEEEAAAK!

ZWEI TAGE SPÄTER IN WIEN...
ERLEDIGT.
ES IST BESSER SO. DENNOCH SCHADE.
TROTZ ALLER SCHÄDEN WAR ER EINER VON UNS. UND OHNE IHN HÄTTEN WIR DEN BASILISKEN - PETER - NICHT BESIEGT ODER EIGENTLICH GERETTET.
INZWISCHEN HAB' ICH MICH AN IHN GEWÖHNT.
ABER ER WAR IMMER NUR EINE „LEIHGABE".
DER LINZER ENGEL IST SCHNELL WIEDER VER-SCHWUNDEN.
SCHEUER KERL. FRECH, ABER SCHEU.
DIANA WOLLTE MIR BISHER NICHT VERRATEN, WAS SIE ÜBER DEN TYPEN WEISS.
SEUFZ NAJA, NICHT IHR EINZIGES GEHEIMNIS.
GEBEN SIE DAS BITTE DEM BÜRGERMEISTER UND RICHTEN SIE IHM UNSEREN DANK AUS.
WIRD ERLEDIGT, CAPTAIN.
MACH'S GUT ALTER FREUND. ICH WERDE DICH VERMISSEN.
IRGENDWIE.
IM NÄCHSTEN HEFT: HELDEN IN TIROL!

COMIC FESTIVAL MÜNCHEN

25.-28.5.2017

ALTE KONGRESSHALLE - U4 + U5 SCHWANTHALER HÖHE

Prominente Comic-Künstler wie **Terry Moore** - Strangers in Paradise, **Hermann** - Comanche, **Ralf König** - Der bewegte Mann, **FIL** - Didi & Stulle **Peter Kuper** - Spion & Spion, **Enrico Marini** - Die Adler Roms, **Olivier Schwartz** - Spirou, **Nicolas Tabary** - Isnogud, **Ruben Pelléjero** - Corto Maltese, **Uli Oesterle** - Hector Umbra, **Tom Bunk / I. Astalos** - MAD, **Isabel Kreitz** - Haarmann, **Oliver Gerke** - YPS, **Matteo Lolli** - Deadpool und **Nicolas Keramidas** - Micky Maus zeichnen für Euch!

Verlage präsentieren ihre neuesten Comics. Es gibt Zeichenkurse, Ausstellungen, einen gemütlichen Biergarten und vieles mehr!

Kapitän Österreich in seinem ersten atemberaubenden Abenteuer!
Gerade noch lag die Hauptstadt friedlich da, doch plötzlich tauchte ER auf und nun herrscht...
Nazi-Terror in WIEN
Was nun, Kapitän? Entweder du gibst auf oder all diese Menschen sterben!
mit Kapitän Österreich
und...
?
Verdammt! Er hat recht! Es gibt keinen Ausweg!
Wie ist Kapitän Österreich nur in diese Lage geraten? Lasst uns die Zeit ein wenig zurückdrehen...

Wien, 1948
Eine halbe Stunde zuvor über den Dächern der Bundeshauptstadt...
Dieses ewige Trainieren in den Anlagen von SOCRATES war schön langsam nervtötend.
Wird Zeit, dass ich meine Kräfte unter echten Bedingungen unter Beweis stelle!
Oh...schon wieder eine Straße!
Und Hopp!
WUSCH!
Großartig! Die eingebauten Federn in den Stiefeln...
...verstärken meine übernatürliche Sprungkraft gleich noch um einiges!
WOMP!
Zu früh gefreut... Diese Straße ist sogar für mich zu breit.
Hier muss ich mich wohl abseilen.
Schön vorsichtig, nur keine Aufmerksamkeit erregen...
WOFF!
Jetzt den Wurfhaken... und dann wieder hinauf.

Kurz darauf am Josefsplatz...
Nanu? Was machen denn die Leute da...
...um diese nachtschlafene Zeit?
Na so was! Ein Filmteam?
Ach ja stimmt! Ich habe in der Zeitung gelesen, dass eine große Hollywoodproduktion, derzeit in Wien einen Film dreht.
Es spielen aber auch Österreicher mit... Schau an, da ist ja Paul Hörbiger!
Hm. Der soll ja viele Juden gerettet haben und sogar im Widerstand gewesen sein. Im Gegensatz zu seinem Bruder und seiner Schwägerin...
Aber Attila Hörbiger und Paula Wessely kommen ja auch langsam wieder in Gnaden.
Ja, das mit der Entnazifizierung ist so eine Sache.
Aber he! Was hat der Mann denn da?

Du meine Güte! Das ist ja Dynamit!
Keine Zeit mich abzuseilen! Hoffentlich breche ich mir nichts bei der Landung!
Uff! Das hat weh getan. Aber gleich den Schwung nützen...
Aus mit dem Teufelswerk!
Was! Wie?
SPROING!
FSSSSSSS
Und jetzt zu dir, Freundchen...
Ha!
Argh!
WOCK!
Haha! Du glaubst doch nicht, ich lasse mich von irgendeinem Clown in rotem Kostüm überwältigen!
Verdammt! Ein Schlagring!
Aua! Mein Körper ist zwar kräftiger als der eines normalen Menschen, aber ich bin nicht unverwundbar...
Na, schmeckt dir das, Freundchen?

Wer oder was bist du?
Eine Art Übermensch?
Einer der Lakaien der Alliierten?
Hahaha! Einerlei! So einer wie du kann einen Emil von Braun doch nicht aufhalten!
Ich war einer der führenden Wissenschaftler des „Projekts Walhalla"! Eine Mischung aus fortschrittlicher Technik und germanischer mystischer Magie sollte die endgültige Wunderwaffe hervorbringen, um dem Dritten Reich doch noch zum verdienten Sieg zu verhelfen!
Doch kurz vor der Fertigstellung stürmten diese verdammten Amerikaner unsere Anlage! Ich konnte gerade noch entkommen und mich mit einer Tarnexistenz bis in die Ostmark durchschlagen.
Seitdem lebe ich im Verborgenen und schmiede Rachepläne gegen die verdammten Yankees!

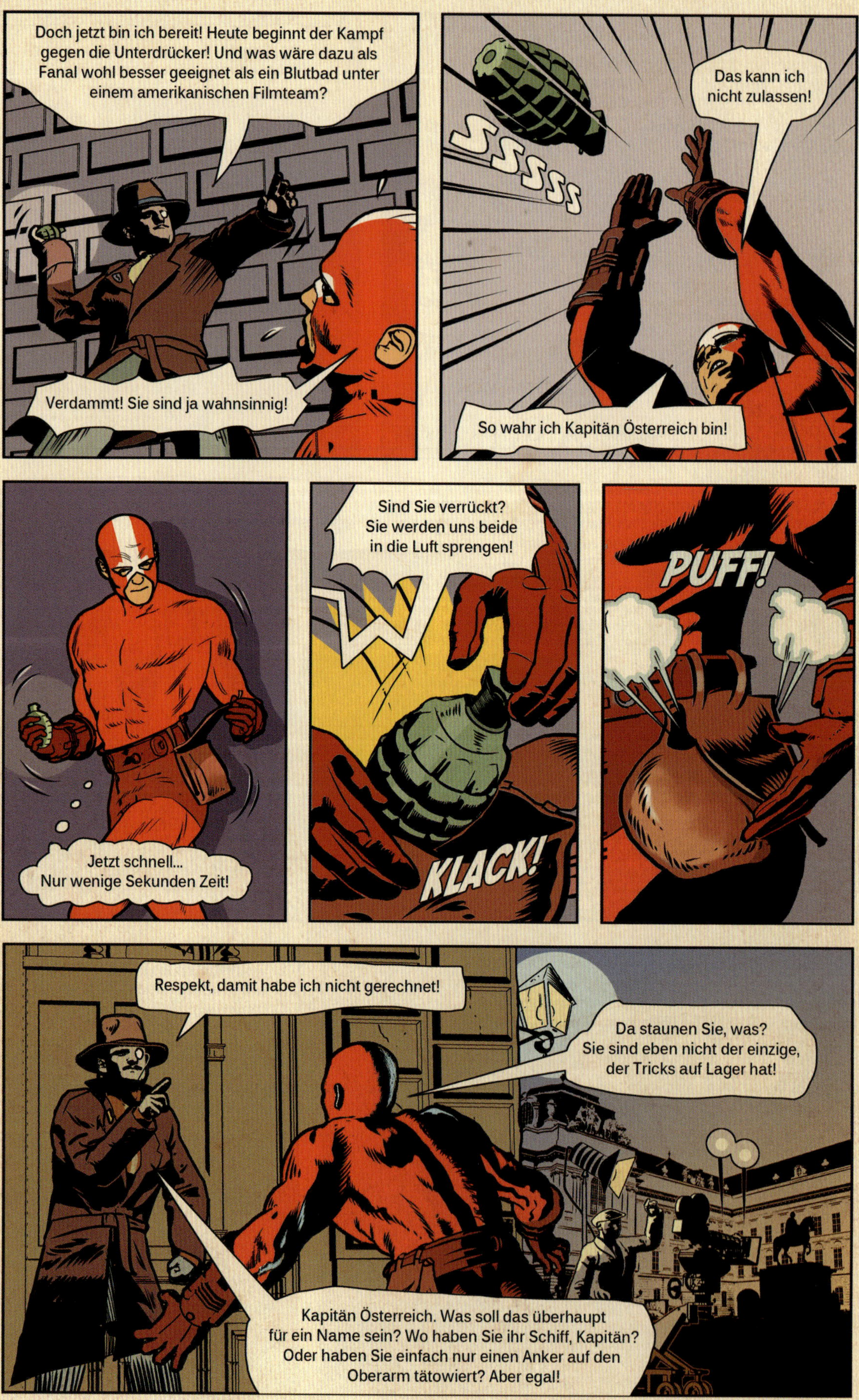
Doch jetzt bin ich bereit! Heute beginnt der Kampf gegen die Unterdrücker! Und was wäre dazu als Fanal wohl besser geeignet als ein Blutbad unter einem amerikanischen Filmteam?
Verdammt! Sie sind ja wahnsinnig!
SSSSSS
Das kann ich nicht zulassen!
So wahr ich Kapitän Österreich bin!
Jetzt schnell...
Nur wenige Sekunden Zeit!
Sind Sie verrückt? Sie werden uns beide in die Luft sprengen!
KLACK!
PUFF!
Respekt, damit habe ich nicht gerechnet!
Da staunen Sie, was? Sie sind eben nicht der einzige, der Tricks auf Lager hat!
Kapitän Österreich. Was soll das überhaupt für ein Name sein? Wo haben Sie ihr Schiff, Kapitän? Oder haben Sie einfach nur einen Anker auf den Oberarm tätowiert? Aber egal!

Sie glauben wohl Sie haben mich? Irrtum, Sie Leichtmatrose! Hahaha!
Ich habe meinen kleinen Anschlag gründlich vorbereitet!
CAROL REED
Und schon zuvor eine Zeitbombe unter dem Regiesessel deponiert!
TICK! TICK! TICK!
Sie haben die Wahl, Kapitän! Entweder nehmen Sie mich gefangen oder Sie versuchen das Filmteam zu retten! Beides geht nicht!
Verflucht! Er hat recht!
Außer...
Haha! Was soll das werden, Sie Faschingsprinz!
...und Sprung..
SUSCH
...und Wurf...
TZZZ!
...Voilà!
SCHNAPP!
TICK TI..KRCK!

TOCK!
Das wäre erledigt! Nur gut, dass von Braun nicht damit gerechnet hat, dass jemand seine Bombe entschärft, und keine Sicherung eingebaut hat!
Meine Güte! Was ist los! Wer sind Sie?
So ein Mist! Ich wurde bemerkt!
Es darf aber noch nichts von meiner Existenz an die Öffentlichkeit dringen! Ich muss wohl meinen „Wiener Charme" einsetzen!
Sie haben mich nicht gesehen. Hier ist niemand.
Hier... ist... niemand...
Hier.... ist... niemand...
Glücklicherweise war das eine Frau! Bei Männern funktioniert meine zweite Superkraft nicht so gut.

O nein! Der Kampf muss doch zu laut gewesen sein! Ich muss hier verschwinden!
What's going on?
Is do wer?
Da war doch was?
Nein! Von Braun!
Und in einer Sekunde biegen sie um die Ecke!
STOLPER
Aber was...?!
Nur a Fehlalarm.
Uff... Jetzt nur nicht rühren.
There's nothing there!
Mr. Hörbiger, machen Sie sich bereit für den nächsten Take!

Ta-Taa!
Nightshade! Emily!
<Offenbar kann man dich nicht alleine lassen, Alfred! Gut, daß Colonel Stone mich beauftragt hat, dich zu überwachen.>
<Gut, dass du da bist! Beinahe wäre mein erster Einsatz in die Hose gegangen!>
<Aber Darling! Bis zuletzt hattest du die Situation fest im Griff. Hier ein Kuss für meinen kleinen Helden...>
SCHMATZ!
KISS!
Kapitän Österreich... An dem Namen müssen wir auch noch arbeiten.
Einige Zeit später auf dem nahegelegenen Albertinaplatz...
By Jove!
Mon dieu! Qu'est-ce qu'il y a ?
ICH BIN EIN BÖSER NAZI
Bosche moi!
Bloody Hell!